历史上的中帼传奇

英子/著

图书在版编目（CIP）数据

历史上的巾帼传奇 / 英子著. -- 北京：台海出版
社，2016.8
（极品女人丛书）
ISBN 978-7-5168-1108-5

I. ①历… II. ①英… III. ①女性 - 名人 - 列传 - 世
界 - 通俗读物 IV. ①K818.5-49

中国版本图书馆CIP数据核字(2016)第200013号

历史上的巾帼传奇

著　　者：英子

责任编辑：俞滟荣
版式设计：深圳时代新韵传媒　　　　　责任印刷：蔡旭

出版发行：台海出版社
地　　址：北京市朝阳区劲松南路1号　　邮政编码：100021
电　　话：010-64041652（发行，邮购）
传　　真：010-84045799（总编室）
网　　址：www.taimeng.org.cn/thcbs/default.htm
E－mail：thcbs@126.com

经　　销：全国各地新华书店
印　　刷：深圳市源昌盛彩色印刷有限公司
本书如有破损、缺页、装订错误，请与本社联系调换

开　　本：787mm×1092mm　　　1/32
字　　数：400千字　　　　　　印　　张：25
版　　次：2016年8月第1版　　　印　　次：2016年8月第1次印刷
书　　号：ISBN 978-7-5168-1108-5

定　　价：249.50元

前　言

此刻，你将走近这些熠熠生辉的女子：林徽因、陈圆圆、西施、张爱玲、李清照、布朗特三姐妹……

她们或才华横溢，或沉鱼落雁；她们或成就历史，或改变历史。无一例外的是，她们都有着令人折服的魅力，有着受人尊重的才华，都曾经拥有过荣耀的人生征途。

《王朝后院的极品红颜》、《历史上的巾帼传奇》、《屹立世界巅峰的女王》、《令男人放弃江山的美人》、《中外绝代才女秘事》这5本书中的30个女子，穿越岁月长河与我们相遇。

成功男人背后必定有一位与众不同的女人，《王朝后院的极品红颜》揭开重重历史的迷雾，探寻在成功男人光环覆

盖下的聪慧女子。芈月、孝庄皇后、卫夫子、长孙皇后……她们用美貌或智慧改变王朝兴衰、更替历史轨迹。经年之后，当人们再次翻开长卷，风华依旧。

《历史上的巾帼传奇》记载了众多不让须眉的巾帼英雄。红尘滚滚拦不住荏苒岁月，她们以女儿身叱咤在血雨腥风的战场，或凯旋，或失意，得到男儿也鲜有的尊荣和显耀。她们之中有"拜将封侯"的秦良玉，"梵蒂冈封圣"的贞德，乱世浮沉改变了她们的命运，而她们又改变了这个坎坷浊世。

《中外绝代才女秘事》中的主角们如同阳光下盛放的娇艳玫瑰，她们从纯净少女蜕变成绝代才女，走过了花月云雨，闪耀着咏絮之才的傲人华辉。林徽因、李清照、勃朗特、张爱玲……她们才华横溢也百般妩媚，她们燃烧岁月照亮坎坷旅途，谱写动人芳华和生命印记。

自古红颜多薄命。《令男人放弃江山的美人》书写了举世闻名的美女，她们羞花闭月的容颜却敌不过红尘滚滚，甚至无能为力地成为男人的附庸。那惊鸿一瞥的美丽，终究化为袅袅青烟，消散在浩渺天际。貂蝉、西施、杨玉环、王昭君、陈圆圆、赵飞燕……这些耳熟能详的古典美人，逃不过宿命，一波又一波看似繁华的过往，奏出一曲又一曲泣泪哀婉的悲歌。

《屹立世界巅峰的女王》以武则天、伊丽莎白女王、埃及艳后等权力巅峰女王的视角，讲述她们改变世界的旷世惊人之路。她们掀起政坛风云，创造世界历史。

"极品女人丛书"以古今中外杰出的女性为题材，以优美的文风，清新的语言，波澜起伏的故事，展现女性心灵成长轨迹。

这些历史上的传奇女性，她们值得被铭记，值得被传颂，值得我们去阅读，并享受这片刻美好的时光。

目录

第一辑 鉴湖女侠秋瑾

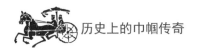

鉴湖女侠 秋瑾

——"肮脏尘寰，问几个，男儿英哲？算只有蛾眉队里，时闻杰出。"

那是一个硝烟弥漫，华夏蒙尘的时代。

最后一个封建王朝在风雨飘摇中苟延残喘，外国列强铁骑踏遍中国山河，蹂躏中国儿女。

她出身上流社会，却放弃荣华富贵，投身革命的浪潮里。

孙中山称其为"最好的同志秋女侠"，题词："鉴湖女侠千古巾帼英雄。"

周恩来以她的事迹劝诫家人："勿忘鉴湖女侠之遗风，望为我越东女儿争光！"

她便是秋瑾，清末第一巾帼英雄。

混沌乱世铸巾帼

说起"巾帼"二字，不禁让人想起一个典故。

三国时期，诸葛亮率军七出岐山与魏国作战，司马懿见蜀军来势汹汹，便采取了相持战术，避其锋芒，耗其粮草，与蜀军在城下打起消耗战。

诸葛亮知其计谋，便用激将法，派人给司马懿送了一大堆头巾和发饰，让其佩戴。

古代妇女的头巾和发饰，与男子的及冠有很大的区别，也有更为严格的礼仪。

女子穿戴的头巾一般称为"巾帼"，诸葛亮送予司马懿的便是这类"巾帼"，以此来嘲笑司马懿如同妇女一般胆小，不肯出来一战。

在流水轮转的历史长河之中，"巾帼"逐渐演变成对

妇女的尊称，"巾帼英雄"也由此而来。

谁道女儿不如男？

这是豫剧《花木兰》的歌曲名。

花木兰是中国众多巾帼英雄里最为人熟知的，如今她的故事已经被改编为戏曲、电影、电视剧等，传遍世界每个角落，美国新闻媒体还曾赋诗称赞道："古有神州花木兰，替父从军英名响。今有卡通'洋木兰'，融中贯西四海扬。"

除了花木兰，在古今中外浩瀚历史中，还有不少的巾帼英雄，像法国的贞德、中国隋朝时的冼夫人……

这些巾帼英雄之所以登上历史舞台，其实是一种无可奈何的选择，她们与男子同样有着守护家国天下的心。

她们生于浑浊动荡的年代，不得不跌入历史的漩涡里，抗争乱流般的世界，寻得家国天下的安宁，守护自己的家庭。

还记得在一千多年前，有一位花蕊夫人曾痛呼过：

君王城上竖降旗，

妾在深宫那得知？

十四万人齐解甲，

宁无一个是男儿！

可见"巾帼英雄"出现的时代，并非象征美好，反而是血与泪铸成的乱世风云，当男子无法保护家国时，女子便毅然挺身而出。

然而成为巾帼英雄也并非人人都可做到，她们的路途远比男子所走的路更为荆棘。花蕊夫人虽说出了心声，但终究只是后庭一朵牡丹花，而无梅花的坚毅。

多年以后有一位巾帼，她披荆斩棘，走到人们的视线之中，如当年的花蕊夫人那般痛斥那些懦弱的男子，并做出他们所无法想象的事。

肮脏尘寰，问几个，男儿英哲？算只有蛾眉队里，时闻杰出。

此诗出自秋瑾的《满江红》。

那是一个硝烟弥漫，华夏蒙尘的时代。

最后一个封建王朝在风雨飘摇中苟延残喘，外国列强铁骑踏遍中国山河，蹂躏中国儿女。

秋瑾就是在这样的时代里出生的。

1877年秋瑾诞生在福建省的一个官僚家庭，刚落地的她便被燃起在中国大地上的硝烟呛得不断哭泣。

秋瑾的哭声被门外的父亲听到，他有些失望，因为他想要的是男儿，能够报效国家的堂堂男子汉。

他要教他忠君报国，血洒疆场，成就家族伟业。现在竟是一女儿，岂能不让他失望。

女儿总是要出嫁的！

秋瑾就是出生在这样封建味浓厚的家庭里，所幸的是家里还算富裕，能够让她上得起私塾。

自识字起，她便喜爱看一些诗词、历史小说，尤其爱看秦良玉等民族女英雄的故事，还曾写过"莫重男儿薄女儿，始信英雄亦有雌"这样充满豪气的诗句。

当然她的思想对她的父亲来说，都是些"大逆不道"的观点。

有一次，秋瑾的表姐妹随大人来玩，她们相见如故，交谈起来。众表姐妹都因为是女儿身，在家中备受歧视，

不能去学校，不能与人正常交往，仿若笼中小鸟，不得自由，只能在那一亩三分地上过一辈子。

秋瑾听着，便觉得有气，忍不住为她们打抱不平，说道：

"女子的聪明才智不一定比男子差，只是因为女子没有机会读书，缺乏独立谋生的本领，依靠男人吃饭，才受欺侮。我们应该立志图强。"

众姐妹听了她的话，都如醍醐灌顶，连声诺诺。

这本是女儿闺中之话，却不知是谁听了一耳朵，便向秋瑾的父亲告发。

秋瑾的父亲得知之后震怒，区区小女儿，竟然敢如此"大逆不道"，挑战男权至上的封建王朝礼教。

他把秋瑾叫到面前，面带愠色地看着她。

秋瑾一看父亲面色有异，便知有事，只是她不知道父亲是因为何事大发雷霆，于是只好等父亲发作出来。

父亲对她说："《女诫》看了没有？记住了吗？"

秋瑾一听，就明白了父亲大概是听到了她说的那些违逆的话，不过她依旧认为自己是正确的，哪怕被父亲痛骂或者家法伺候，她也要说出心声。

她从容地回答："不但看了《女诫》，还看了《史记》、

《汉书》。"

父亲接着诘问："嗯，看这么多书？'女子无才便是德。'这句话你忘了么？"

秋瑾伫立在原地，她大方地看着父亲的双眼，毫不犹豫地回答父亲："可写《女诫》、编《汉书》的班昭就是女的啊！还有蔡文姬、谢道韫、李清照，都是才女。如果说'女子无才便是德'，那《汉书》就编不成了。"

父亲没料到他的女儿敢如此顶撞他，驳他的颜面。

也许对于现代人来说，顶撞父母已经不是新鲜事了，况且秋瑾并没有说错，但在个时代，此话是不可原谅的。

父亲大发雷霆，伸手便要给她一掌掴，幸好一丫鬟进来报："舅老爷来了。"父亲才没有继续对秋瑾执行家规。

除此之外，秋瑾小时候还跟随她的表兄学习骑马、击剑，不时着男装，令其父恼怒。

那时秋瑾还不懂什么是家国，只是不愿失去自由，想要做一位独立的女性，而这样的思想注定了她坎坷颠簸的一生。

红尘何处觅知音

少女时代很快就要结束，年方 18 的秋瑾迎来人生又一个时期，由少女转变为女人的时期。

这个时期，大部分封建的女人都要经父母之意、媒妁之言，嫁给一个以前从未见过的人。

这便是归宿。

秋瑾生于那个时代，自然也无法避免。

1896 年秋瑾被迫嫁给了湖南湘潭富豪子弟王廷钧，完成了从少女到女人的蜕变。

婚后秋瑾与王廷钧摩擦不断。

王廷钧是典型的封建王朝的子弟，热衷功名利禄，整日奔波于权贵之门，应酬于酒榭歌楼，对秋瑾不理不顾。

1902 年，王廷钧花钱捐得户部主事，秋瑾随其前往北京。

在北京，秋瑾见到满目疮痍的土地，让她想起诗人杜甫的一句话："朱门酒肉臭，路有冻死骨。"

高高在上的封建贵族官员，一边踩着普通百姓，一边向外国列强卑躬屈膝。身为男子汉不为民族而战，苟且偷生，还要欺负弱者，怎叫人不心寒。

秋瑾的丈夫也属于那样的人，整日酒肉穿肠过，不思奋发图强，改变孱弱的国家。

秋瑾愈加地难以忍受，为丈夫不能理解她而伤感，为自己不能建功立业而悲愤。在 1903 年的中秋，秋瑾写下了一首《满江红》道出了满腔的悲鸣。

其中，在诗的最后，秋瑾写道："莽红尘，何处觅知音？青衫湿！"

用了白居易的《琵琶行》典故做结尾，意义不言而喻。

"座中泣下谁最多？江州司马青衫湿。"

悲痛之意彻骨心凉。

孙中山为秋瑾题词

看透现状的秋瑾又一次穿起男装，并表示永不再穿清朝女服，她要与腐朽的清廷划清界限。王廷钧知道后，甚为恼怒，想阻挠秋瑾，认为她不守妇道。秋瑾也不客气，与王廷钧争吵起来，坚决以男装示人。

于是男装成为秋瑾的标志性服装，直到就义时仍身着玄色纱长衫。

1904 年，秋瑾结识了一位日本女子，开拓了新视野。于是，不顾王廷钧的反对，独自去往日本留学。

秋瑾临行前写下《鹧鸪天》向王廷钧明志：

祖国沉沦感不禁，闲来海外觅知音。

金瓯已缺总须补，为国牺牲敢惜身。

嗟险阻，叹飘零，关山万里作雄行。

休言女子非英物，夜夜龙泉壁上鸣！

鹧鸪在诗文之中是情思的寄托，此情思非彼情思，是对家国的情思，而不是王廷钧。

秋瑾抛却了一切，她要学做秦良玉，在这波谲云诡的世界风云里，闯出一条救国道。

"身不得，男儿列，心却比，男儿烈。"

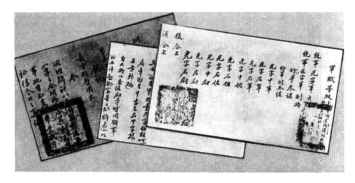

为了组织武装起义，秋瑾亲自草拟了军制军规。

怀着远大的抱负，秋瑾踏上了去往日本的船只，自此再没有回头，即便前方等待她的将是炼狱血海。

血洒市井惊中外

1906 年，时隔两年后，秋瑾回到中国开始她的革命生涯。

当时的中国被列强打开了大门，接受了新思想，但那只属于上流社会，而且因为一些利益关系，大部分人对新思想视而不见，广大的百姓更是被封建势力紧紧地缠绕，无法自由呼吸。

在鲁迅的书里对那个年代有着细致的描述，百姓对于革命并不理解，所谓的革命在他们眼里，是不可饶恕的，是要被砍头的罪责。

秋瑾作为第一批的革命先驱者，注定走在泥泞的道路上。

一条没有经过任何修缮的道路，随时可能被突如其来的泥石流给掩埋。

他们是道路的开辟者，因为他们，后人才能在此基础上建设一条康庄大道。

开辟即要有牺牲，革命即要有流血。

秋瑾在光复会认识了徐锡麟，两人一见如故，共同为革命努力。

1907 年，秋瑾与徐锡麟准备在安徽安庆与浙江绍兴举行武装起义，打响对抗清政府的第一枪。

但是这项计划被人告密，徐锡麟受到清政府的监视。

在安庆的光复会会员叶仰高不幸被捕，在严刑下供出了徐锡麟。

徐锡麟被迫提前起义，安庆起义由此爆发，徐锡麟等几名光复会成员刺杀了安徽巡抚恩铭。

但是徐锡麟等人被清军包围，经过数个小时的激战，短暂的起义宣告失败，徐锡麟被捕就义，死时被剖腹挖心，死状惨不忍睹。

秋瑾得知之后，伏案大哭，几日不食不语。她思考了许久，为什么他们的起义会失败，最终她得出的结论是孤

立无援。支持革命的人太少了，普通的百姓压根不会关注于这个问题，无论谁做统治者，只要给他们一顿饭就好。

安庆起义失败之后，很多人劝秋瑾立刻离开绍兴，到上海法租界躲起来，秋瑾坚决地拒绝了。

如果她在此时退一步，就对不起已经死去的徐锡麟，一切都变得毫无意义。

起义意味着不是生就是死，赢了就生，输了就死。如果她连这点觉悟都没有，有何颜面去面对已死的同道中人，怕死而不起义，那何人会反抗腐朽的清朝统治者。

秋瑾对劝诫她的学生说："革命要流血才会成功。如满奴能将我绑赴断头台，革命至少可以提早 5 年。"

秋瑾让他们离开，她要保存革命的实力，但同时总要有人为这场起义负责。她既然身为领导者，这份责任就必须由她去承担。

当清兵包围大通学堂时，秋瑾面不改色地坐在那里，

秋瑾创办的《中国女报》

她准备好牺牲了，所以也就不惧怕那些刽子手。

清政府抓了秋瑾便对她连夜审问，他们企图给这些革命者安上谋逆的罪名，丑化他们所做的事。

秋瑾面对刑具和逼问闭口不说光复会的事，当问到同党时，她看向知府贵福，指着他说："贵福就是我的同党。"

贵福一听不敢再问下去了，生怕她又要乱说话，引火烧身。他与秋瑾有交情，为了不连累自己，贵福决定斩草除根。

但贵福不能亲手做，他要找一个审判人，要把一切弄得光明正大。

他将秋瑾交给山阴县令李钟岳来审，交代他用严刑，务必得到确证。

李钟岳对秋瑾的学问、文章一向颇为赞赏，但命运之神捉弄，最终将秋瑾送上断头台的却是他。

李钟岳来到监狱看望秋瑾，他们就如一般朋友那样坐在一起聊，没有审讯，没有逼供。

李钟岳把秋瑾写下的供词交给了贵福，只有简简单单的一句话：

"秋风秋雨愁煞人。"

贵福看了大怒，却没有任何办法。

他最终失去了所有的耐心，密电请示杭州巡抚张曾扬将秋瑾先行正法，并让李钟岳去执行。

李钟岳被迫来到了监狱，看着那张慷慨赴死的脸，忍不住泣泪：

"事已至此，余位卑言轻，愧无力成全，然汝死非我意，幸亮之也。"

连李钟岳身边的衙役都为之感染，黯然神伤。

秋瑾自知必死，但死前还能见到一位体谅她的人，已是幸事。李钟岳保全了她的尊严，在行刑的路上，秋瑾从容镇定，看着两边的木讷无神的群众，仿佛看到革命失败的本因。

她愿以她的死去唤醒这些人的觉醒。

正如《辛亥革命》这部电影里秋瑾赴死时最后说的话：

"我此番赴死，是为革命，中国妇女还没有为革命流过血，当从我秋瑾始。纵使世人并不尽知革命为何，竟让我狠心抛家弃子。我此番赴死，正为回答革命所谓何事？"

1907年7月15日凌晨四点，秋瑾就义在绍兴占轩亭口。

在秋瑾就义之后，李钟岳被革职查办，原因是包庇女嫌犯。李钟岳回到家中终日郁郁，为官场黑暗而痛心，为亲手斩秋瑾而不安，最后选择自我了断，距离秋瑾死不过百天。

而与秋瑾案相关的其他官员也受到了当时舆论的一致谴责，各大报纸、名人绅士轮流炮轰，最后酿成了人人喊打的局面，那些官员犹如过街老鼠，整日不得安宁。

1911年，仅隔4年，孙中山领导的辛亥革命爆发。

事后，孙中山为纪念秋瑾的功勋，还为其题字："鉴湖女侠千古巾帼英雄。"

如今她安眠在西湖边上，遥望这片她生前热爱的土地。

第二辑 千古第一女将秦良玉

千古第一女将

秦良玉

——在中国的历史上，史书传记一般分为将相列传与列女传，女性一般记载在列女传里，只有一个例外，划到了将相列传里。她就是秦良玉。

她是中国历史上唯一一位被记载到史书将相列传里的女性王朝名将，也是秋瑾毕生所追慕的人。

她一生经历明代五朝皇帝，同时也经历了王朝变更，她出生于万历年间，逝于顺治五年（1648 年），一生坎坷多变。

朝雾离散，暮霞已升。

让我们举杯邀月，共赞千古巾帼。

金戈铁马拜王侯

在遥远的古代，成就事业的往往都是男子，金戈铁马，王侯将相，似乎与女性毫不相干。

这源于古代的分工不同，男子力大，善骑射，打仗流血的事便由男人承包，而女人不善气力，则在家相夫教子。

几千年来，就算是英雄辈出的乱世，也很少看到女子走上战场。

戏曲里的花木兰、穆桂英都是文学形象，在古老的中国是否真有这样的奇女子？

答案毫无疑问是有的，她生于明代。

在中国的历史上，史书传记一般分为将相列传与列女传，女性一般记载在列女传里，只有一个例外，她就是秦良玉。

她是中国历史上唯一一位被记载到史书将相列传里的女性王朝名将，也是秋瑾毕生所追慕的人。

古今争传女状头，谁说红颜不封侯。

马家妇共沈家女，曾有威名振九州。

此诗是秋瑾所做的，所说之人就是秦良玉。

虽说如此，相当一部分人还是没有听过秦良玉的名字。

大概是因为花木兰和穆桂英太过有名，所以秦良玉的名字反倒被人遗忘。

朝雾离散，暮霞已升。

让我们举杯邀月，共赞千古巾帼。

时光流转，回到那暮霭沉沉的明代末期。

秦良玉一生经历五朝皇帝，同时也走过了王朝变更，她出生于万历年间，逝于顺治五年，一生坎坷多变。

1574 年小良玉来到了这个世界上。

此时恰好是万历皇帝登基的第二年。

秦良玉出生在四川鸣玉溪畔的秦家，父亲是一方名士。

由于山水环绕，地势险峻，四周都是崇山峻岭，化外之地更是数不胜数，秦家世世代代居住在此处，习武防身自然成了他们的必修课。

秦良玉的父亲比较开化，又特别钟爱这个小女儿，于是重点培养她。

诗词典籍，文韬武略，父亲几乎是倾囊相授，而秦良玉也展现了她的军事天赋，令她的父亲更加喜爱。

一日，父亲在树下指点良玉的武功，看着女儿英姿飒爽的样子，不禁感慨地说："惜不冠耳，汝兄弟皆不及也。"

良玉收势伫立在原地，傲气地向父亲说："使儿掌兵柄，夫人城、娘子军不足道也。"

父亲闻之一笑。

此笑并非是被小女儿的童言无忌逗笑，而是真情流露的欣慰笑容。

多年以后，良玉真如她小时候所说的，成为了一方军侯，执掌几万兵马，浩浩荡荡攻城拔寨，丝毫不逊于传说中的花木兰。

明史有载：

秦良玉为人饶胆智，善骑射，兼通词翰，仪度娴雅。而驭下严峻，每行军发令，戎伍肃然。所部号"白杆兵"，为远近所惮。

万历初期，由于张居正的功劳，王朝呈中兴气象，直到万历十年，也就是1582年后，张居正病逝，万历皇帝失去束缚，愈加放纵，政局出现动荡。那时良玉尚未有用武之地。

1592年，秦良玉及笄之后，便嫁于石柱宣抚使马千乘为妻。

马千乘是东汉名将伏波将军之后，性格内敛，为人严谨自律。

他独有的训兵方式，曾留下"整莅军伍，莫不股栗"的威名，为四海称道。

婚后，他与秦良玉恩爱有加，相互扶持，经常一同探讨军事战略，对妻子的见地心悦诚服。

良玉也时常协助夫君训练士卒，后来马千乘被人陷害

惨死后，秦良玉便带领这支"白杆兵"为国效力，代夫从军。

万历二十七年，也就是良玉与马千乘结婚 7 年后，播州宣慰使杨应龙煽动叛乱，靠着播州的天然地形优势，与朝廷相持对抗。

次年二月万历下诏书，集结重兵，兵分八路围剿叛军。

马千乘以三千人从征播州，秦良玉率精卒五百，携粮自随，夫唱妇随，大有其利断金之势。

因播州地形与四川相近，白杆兵特殊的装备和长期严格的山地训练，使他们颇为得心应手，不久便将叛军逼入绝境。

在最后一仗中，秦良玉与马千乘单枪匹马闯入军营，令贼寇闻风丧胆，为"南川路战功第一"。

战后，马家受到封赏，"女将军"秦良玉的英名更是远播四方。

然而世事无常，伴君如伴虎，自古如此。在马家风光无限时，也埋下了祸根。

万历四十一年，石柱部民状告马千乘，明廷将其关入

云阳狱。

马千乘为人正直，自恃对朝廷有功，不肯给万历派来的太监丘乘云贿赂。谁料丘乘云恼羞成怒，蚕食良心，捏造马千乘罪证，活活将其折磨死在狱中，时年仅41岁。

秦良玉听闻丈夫惨死，悲痛欲绝，马家的一切重担便落在她一人身上，为了全家老小的生命，她忍住悲痛，接受明廷的安抚。

马家爵位自太祖便世袭自此，马千乘死后，家中无成年男子能够继承，幼子尚小，还没有自理能力，于是朝廷便让秦良玉暂代夫职。

从此秦良玉正式登上明朝的历史舞台，取得战功硕硕。

时人都知川蜀有一女将军，声名远播扬四海。

浴血奋战为家国

秦良玉在历史上既是一位名将，又是一位民族英雄。

"民族英雄"这四个字，承载得太多了。

它意味着动乱，意味着死亡，也意味着不辱使命。

万历四十四年，女真酋长努尔哈赤扫平女真各个部落后，建立后金，开始觊觎中原王朝的土地，频频向明朝发动进攻，明军接连败退，萨尔浒一役后，明军对清军闻风丧胆，一时间亡国之说四起，人人自保，不肯与清军血战。

天启元年，清军再次袭击大明边关，烧杀掳掠，无恶不作。秦良玉闻之，自请出战，与其兄秦邦屏、其弟秦民屏一同率精兵支援辽东。

为了夺回清军占领的大明土地，秦氏兄弟浴血奋战，强渡浑河，哥哥秦邦屏不幸战死疆场，而弟弟秦民屏身陷重围。

秦良玉听闻急上心头，亲自率白杆兵渡河冲进清军的防守线，纵马斩杀，清军无不胆寒。从此秦良玉的"白杆兵"更是威震四海，此战也被誉为"辽东用兵以来的第一血战"。

浑河血战之后，秦良玉并未松懈，即刻整顿余部，率三千精兵直赴山海关，此处是清兵进军中原必经咽喉要道。

秦良玉率军于此，阻击关外那些虎视眈眈的侵略者。

山海关本就易守难攻，而守城恰恰是名将秦良玉，清军自知无法强攻，便故意在城下散布谣言，递上挑战书，想要激怒秦良玉。

秦良玉不为所动，命人继续加固防事。

用兵之道，攻心为上，熟读军事书籍的秦良玉岂会犯这样的错误。

清军见计谋无法得逞，只得与秦良玉对峙在山海关外。

秦良玉坐镇山海关时期，一方面救济关内外饥民，安定民心；一方面日夜加固防事，训练士兵。

山海关一时间成为立在清军面前固若金汤、无法逾越的一面高大屏障，至少推迟清朝入驻中原十年有余。

由于"白杆兵"在辽东的卓越战功，天启帝特下令封赏，并命秦良玉征兵两千继续驰援辽东。

天启时期，明朝其实已到强弩之末，面临内忧外患。

秦良玉奉旨回川征兵不过一日，近在咫尺的重庆就发生内乱。永宁土司奢崇明借奉诏援辽的名义，集结数万人马与其婿樊龙里应外合占据了重庆，自称大梁王，同年发兵成都。

对于秦良玉的大名，奢崇明早有耳闻，不过他认为没有什么人是不能收买的，一切不过是价格问题。

他派人携大笔珍宝来石柱送给秦良玉，以示"真心"。

但他看错了人，有一类人宁可死无葬身之地，也不会背叛自己的原则，而秦良玉便是其中之一。

听完来使的高谈阔论之后，秦良玉二话不说，直接将

其斩于面前。

"我受朝廷厚恩，正思报效国家，岂能与叛贼为伍！"

秦良玉将来使的尸身送回给奢崇明，并下令围剿叛军。

她率兵溯流西上，奇袭重庆。奢崇明被动出战，每战必败，秦良玉连获红崖墩大捷、观音寺大捷以及青山墩大捷，彻底击毁了叛军势力，不仅成都解围，重庆的叛乱也得以平息。

在川蜀地界有许多的"土司"，奢崇明皆能贿赂，单单秦良玉让他无可奈何，时人皆为此奇女子叹服，四川百姓更是将她视若神明，以她为傲。

当她平乱之后回到四川，一时间万人空巷，齐聚街头，只为睹其芳颜。

只见她端坐白马之上，双目湛湛有神，手里握着红缨枪，英姿飒爽，大将风姿令在场所有人倾倒。

成都、重庆收复后，秦良玉被封为都督佥事，拜为石柱总兵官，朝廷以此嘉奖她的浴血战功。随后她又率师入黔，平定了安邦彦的叛乱，但弟弟秦民屏不幸遇难。

秦家子孙先后战死沙场，不禁让人想起杨家将。一门忠烈，为国牺牲。

崇祯元年，历经万历、泰昌、天启三朝的挥霍，国力日益衰弱，农民起义遍地，而外部又有女真族虎视眈眈。大明王朝风雨飘摇，残破不堪，就是一阵清风都能将其摧毁。

崇祯虽是一位年轻有为的皇帝，奈何亡国之象已现，仅凭他一人之力无法再撑起整个王朝。

秦良玉四处为明朝征战，有时粮饷朝廷出不起，都由她自己筹集。

崇祯三年，永平四城失守。良玉奉诏勤王，星夜兼程，赶赴宣武门外领命，所部需要的粮饷皆是由其自行筹集。

京城外，清军战衣盔甲严阵以待，八部子弟旗旌林立。

相比较而言，明军则畏首畏尾，躲在京城无人敢出。

秦良玉见王城内弥漫着投降气氛，文武百官争先恐后要求与清军求和，大失所望，感叹一句：

"六尺躯须眉男子，竟不如一巾帼妇人，静夜思之，

亦当愧死！"

所幸还有一部分老将及国之栋梁宁死不降，崇祯也非庸碌之辈，力压主和投降派，派兵与清军决战京城外，秦良玉主动请缨出战。

昔日浑河一战，秦良玉之名威震四海，清军无人不晓，众皆惶恐，今日再见她时，依旧内心发怵，不战已是输了一筹。

秦良玉与孙承宗这样的老将相互配合，不久便迫使皇太极连弃永平四城，撤围而去。北京围解之后，崇祯龙颜大悦，优诏褒美秦良玉，并赏赐彩帛美酒，赋诗四首表彰其功。

永平四城收复后，秦良玉奉命再次返回四川剿匪，而侄子秦翼明、儿子马祥麟则留守京畿。

崇祯七年，张献忠攻克夔州，直逼四川，距离石柱不过三日路程。

此时秦良玉年过花甲，形势危急之际，她毅然披甲上阵杀敌，英勇不减当年。

张献忠被迫回到了湖广，几次三番想要进军四川都没能成功。

但这也已经是秦良玉的极限，要想剿灭贼寇，需要从整个战局来配合，可惜当时的明朝已没有能够在国家危亡时挺身而出的良将了。

明朝官场的黑暗，这时便暴露无遗。

当张献忠、罗汝联手进军四川的时候，秦良玉孤立无援，写信请求四川督抚邵捷春前来支援。

然邵捷春以军粮不足为名，拒绝支援。秦良玉损失的兵力无法补充，而起义军部队却愈加强大。

大明崇祯十七年正月，张献忠率骑兵、步兵数十万，长驱直入夔州。秦良玉腹背受敌，终因众寡悬殊，败归石柱。

丈夫已死，兄弟亦逝，秦良玉踽自独行，撑起整个四川有心无力，她悲愤之下，写下了著名的《固守石柱檄文》。

闻者伤心，听者流泪，感其女中豪杰，一心为国，可惜时局艰难，小人多如牛毛。

时人赞曰：

秦良玉一土舍妇人，提兵裹粮，崎岖转斗，其急公赴义有足多者。彼仗钺临戎，缩朒观望者，视此能无愧乎！（节选自《明史·秦良玉传》）

意思是，秦良玉一个乡村女人，尚能率领士兵，自带军粮，辗转战斗，那些手握军权的将军大人们，却临阵观望，畏缩不前，难道不觉得羞愧吗？

1644 年，李自成攻破北京城，崇祯自缢于煤山，明朝宣告灭亡。

同年，张献忠趁机占领几乎整个蜀地，却唯独对石柱这块弹丸之地无可奈何，直到他败亡，都没能踏入石柱半步。

纪念雕像

浩气长存留芳名

1644 年，李自成攻入京城后，骄傲自满，脱离民众。部下刘宗敏强占了吴三桂的小妾陈圆圆。

吴三桂在山海关得知此事，大怒，誓与李自成不共戴天。

他向多尔衮投诚，打开了山海关，放清军入关，拱手将大明天下出卖给满清。

清军入关后，实施了一系列的血腥屠杀，令中原百姓陷入了水深火热之中。

起义军和明军残部见其野蛮行径，一时间同仇敌忾，共抗清廷，其中便包括秦良玉。

1646 年，南明隆武政权确立，赐秦良玉为"大明太子太保"爵，封"忠贞侯"，秦良玉以 70 多岁高龄接受了"太子太保总镇关防"铜印,奉诏挂帅出征。

可惜出师未捷,南明隆武政权便已消亡。

秦良玉虽想报国,却是无门,她不愿依附清廷,于是固守在小小石柱。

当时四川战乱不断,瘟疫横行,到处是流亡的百姓,也多亏有她的帮助,才慢慢恢复元气。

秦良玉可以说是戎马一生,直至死亡的那刻,她都在马匹上。

顺治五年,秦良玉在检阅士兵的时候,突然猝死,享年75岁,结束了她传奇的一生。

其墓碑题刻为:

明上柱国光禄大夫镇守四川等处地方提督汉土官兵总兵官挂镇东将军印中军都督府左都督太子太保忠贞侯贞素秦夫人墓。

　　清廷虽吃过秦良玉的苦头，却也是极为佩服她，加上少数民族比起中原汉族更为开放，所以在史书上并没有抹杀她的功绩，反而赞誉有加。

　　时至今日，川人为纪念这位巾帼英雄，特在龛前对联云：

　　出胜国垂三百年，在劫火销沉，犹剩数亩荒营，大庇北来梓客；

　　起英魂天九幽地，看辽云惨淡，应添两行热泪，同声重哭天涯。

　　纵观秦良玉一生，无怪乎近代巾帼英雄秋瑾会如此敬慕她。如今在四川依旧能够看到秦良玉战斗遗迹。

　　她是四川人民的骄傲，也是中国的骄傲，外国有贞德，中国有秦良玉，民族气节永长存。

第三辑 南宋抗金女英雄梁红玉

南宋抗金女英雄梁红玉

——大雪千百年来不变，又来到这片土地上。

门口已有几尺寒霜，凌冽的寒风，夹杂着冰洁的雪花，一位身穿红袍玉带的女子，手握缨红长枪，裙裾飞扬，神采依然，傲对沧海冰竹，问春秋几度易寒暑。

尝遍冬夏万年雪，

犁尽寒暑千层冰。

为国从戎十载泪，

血染疆场一生情。

这正是梁红玉的写照。

虽在风尘心犹坚

前不久曾看过一部电视剧《精忠岳飞》，荡气回肠的英雄悲歌，忠实地还原了宋朝时期，那段犬戎腥四海的悲壮之音。

其中一代民族女英雄梁红玉英勇战死的那段情节，更是催人泪下，令人久久无法忘怀。

梁红玉，南宋著名的抗金名将，与花木兰、穆桂英、樊梨花并列为"中国古代四大女中豪杰"。

花木兰、穆桂英、樊梨花都为小说家之言，而梁红玉确有其人，不过她未能如秦良玉一般单独列传，史书对其也是闪烁其词，有许多事成为了迷雾，至于为何，实有深意。

"梁红玉"三字并非史书上记载的名字，在史书上，

她被称为"梁氏",只有姓,没有名,出现在韩世忠传记中。

韩世忠为梁红玉的丈夫,既然是丈夫的传记,若是称呼梁红玉的本名,则有问题。

古人写传,为了避丈夫的名讳,大都以"某某氏"来称呼妻子的名字,所以既然是韩世忠的列传,自然不能写梁红玉的真名。

宋代李心传《建炎以来系年要录》卷32记载黄天荡之战时有这样一段话:

……有一人红袍玉带既坠复跳驰而脱。诘二人者,即宗弼也。既而战数十合,世忠妻和国夫人梁氏在行间亲执桴鼓,敌终不得济。

黄天荡之战是韩世忠与梁红玉的成名之战,此处暂且不提,只说梁红玉的名字出处。

据说明朝重臣张四维写《双烈记》是参考《建炎以来系年要录》来写的,此段文中恰有"红"、"玉"二字,所以,后来许多人猜测,梁红玉之名便是出自此处。

自张四维写《双烈记》之后，后世小说家、评论家等，多是借用张四维所取的"红玉"二字来称呼"梁氏"。

那为何不能如秦良玉一般单独列传？

答案是身份。

从古到今，身份地位成为一个人的象征，人们追求地位的尊贵，尤其是一个女人。千金小姐总是比寻常人家的女儿更加尊贵，这是社会自然形成的阶级观念。

古代是穿金戴银，现代是 iPhone 手机横行，其本质是一样的。

而梁红玉的身份又比寻常人家女儿又低了一等。

南宋人罗大经所著《鹤林玉露》一书曾记载：

韩蕲王之夫人，京口娼也。

韩蕲王即韩世忠。

后来元人脱脱等编修的《宋史》在记述梁红玉事迹的时候，对她的籍贯出身只字不提。

清乾隆年间的《山阳县志》记载："初，江淮兵乱，梁流落为京口娼家女。"

从众多史料可以看出，梁红玉出身低微，是"营妓"，所谓的"营妓"与青楼女子还是有一定的区别的，"营妓"是官妓，最早的妓女便是由官家而来，后来逐渐转为民间。

"营妓"是指的军中艺人，以舞剑弹唱为生。

身份地位的低下，加上丈夫韩世忠在南宋称"武功第一"，梁红玉未能受到史书的公平对待。

不过就算如此，她凭着过人胆识铸就的传说，早已在800多年前就广为传颂，成为家喻户晓、妇幼皆知的巾帼英雄。

作为一个女人，绝不是仅仅靠着身份与外貌就能显示她的魅力，那样只能是金玉其外败絮其中。

梁红玉虽出身寒微，但她就如门外飘扬落下的雪一样洁净，落入淤泥而不改本色。

大雪千百年来不变，又来到这片土地上。

门口已有几尺寒霜，凛冽的寒风，夹杂着冰洁的雪花，一位身穿红袍玉带的女子，手握缨红长枪，裙裾飞扬，神采依然，傲对着沧海冰竹，问春秋几度易寒暑。

尝遍冬夏万年雪，

犁尽寒暑千层冰。

为国从戎十载泪，

血染疆场一生情。

为国从戎十载泪

梁红玉从"营妓"一跃变为巾帼英雄是极富传奇色彩的，而这一转变的关键则是韩世忠。

宣和三年，宋军在平定方腊起义之后，班师回朝。

在庆功宴上，梁红玉与诸多艺妓被召来陪酒助兴。席间，谈笑风生，人人欢庆，只有一位小将独自坐在角落里喝闷酒，引起了梁红玉的注意，这名小将就是未来的南宋名将韩世忠。

此时的他还是一个名不见经传的小人物，郁郁寡欢。

据《宋史·韩世忠传》记载，在平定方腊起义中，韩世忠本来为首功，他穷追不舍，杀入方腊的最后据点清溪峒，格杀数十人，并亲手俘虏了方腊。

　　本来凭这份战功，他可以授两镇节钺，然而他的上司辛兴宗将功劳全都抢去了。最后韩世忠只得了一个芝麻绿豆大的官，韩世忠是直肠子，对此偏薄之举非常不满，于是独自一人喝着闷酒。

　　所有人都不会在意一个官不大的小将，只有梁红玉除外，不知怎么的，她对韩世忠青睐有加，主动接近韩世忠，也许被韩世忠身上特有的英雄气概所吸引。

　　据梁红玉有关的史书记载，她身为"营妓"时，以舞剑而生，虽在风尘，却有着普通女子没有的巾帼情怀。

　　如此一位英俊伟岸、武功卓绝的男子，不难想象她会被吸引。

　　席位间，两人相互交谈，惺惺相惜，不久就结为夫妇，夫唱妇随，共同抗击金兵。这段经历与红拂女和李靖的传奇很相似，有着异曲同工之妙。

　　梁红玉命运也从此改变，逐渐走向了战场。

　　韩世忠与梁红玉相遇时，一个是不得志的低级将领，另一个是历尽风尘的营妓，谁会想到，日后岌岌可危的南宋会被他们所拯救。

韩世忠娶了梁红玉之后不久就发生了靖康之变，金兵入侵中原，打下汴梁，俘虏了徽钦二帝。

国家危亡之际，韩世忠凭着过人本事，终于得到宋朝统治者的青睐，被委以重任。

建炎三年二月，金兵元帅宗维挥兵南侵，宋高宗匆匆逃难到杭州，惊神尚未安定时，苗傅和御营副统制刘正彦突然发动兵变。

这时韩世忠与梁红玉已经育有一个儿子韩亮。为了母子的平安，韩世忠把梁红玉留在了杭州后方，自己再次出征。不料天有不测风云，原以为最安全的杭州却成了凶险之地。

宋朝初期为了防止武将叛乱，重演中晚唐藩镇割据和宦官专权的乱象，宋太祖赵匡胤曾实施一系列限制武将权力的措施，包括历史上最有名的"杯酒释兵权"。

然而赵匡胤也没有想到，他所做的措施不仅没有解决武将叛乱的问题，还造成宋朝对外的孱弱局面。

苗傅深知韩世忠的威猛，若是他来勤王，肯定不是对手。

因此苗傅整日忧心忡忡。

宰相朱胜非见此，便心生一计，假意向苗傅献计说，韩世忠拥有重兵，不可与他为敌，应当马上派梁红玉去抚慰他，才是上策。

苗傅深信不疑，便奏明被挟制的太后，封梁红玉为安国夫人，并向梁"屈膝"礼拜，奉以兄嫂之礼，备好鞍马，请梁红玉去秀州劝说韩世忠。

梁红玉为人，怎会与这群乱臣贼子同路，朱胜非正是知道这一点，才会用此计，送梁红玉出去通知韩世忠速来救驾。

不过苗傅也非纯良之人，虽放梁红玉出去，却扣押了她的儿子韩亮。

梁红玉假意应允，忍痛与儿子分开，飞马出城，扬鞭急驰，第二天就赶到秀州，告诉了苗傅等人犯上作乱的事。

韩世忠听到儿子在对方手里，一时间不知所措，梁红玉见此，便劝说丈夫以国事为重，一定要去救驾。

犊子情深，梁红玉身为母亲，当然是非常爱自己的儿子，若是以她的性命交换，她不会皱一下眉头。

然而此事关乎江山社稷，国家危亡，梁红玉被迫选择了放弃儿子，是下了多大决心，也许在那时，她每说一句话心大概都在滴血。

韩世忠接受了梁红玉的建议，撕毁了苗傅抛来的橄榄枝，连夜进军救驾，平定了苗、刘之乱，维护了南宋的统一，历史上称之为"余杭之难"。

"余杭之难"后，韩世忠因勤王救驾有功，高宗亲书"忠勇"二字赐韩并擢升为检校少保、武胜昭庆军节度使，称梁红玉"智略之优，无愧前史，给内中俸以示报正"，给功臣之妻俸禄。这在前史从未有过，梁红玉为第一人。

这是梁红玉第一次崭露头角。

在这件事情上，她显示出了女儿家的飒爽英姿，以国家利益为重，深明大义、不循私情，明知道自己的儿子危在旦夕，却仍然劝自己的丈夫继续进军。

仅此一点，梁红玉即可谓女中豪杰，而史实不仅如此，梁红玉被称为"四大女中豪杰"之一，并不是单单因为她的深明大义，历史上深明大义的女人很多。

梁红玉从她们之中脱颖而出，是因为她出色的军事指挥才能，最有名的便是"击鼓战金山"，也就是之前说的"黄天荡"一役。

由于南宋内乱给了金军可乘之机，1129 年，金国南下进军中原，长驱直入，攻入江浙，烧杀掳掠一番，便准备返回北方。

此时韩世忠正担任浙西战区司令。听说金军北撤，便率水军八千人急赴镇江截击宗弼的十万金军。

双方的人数差距过大，直接攻打是不可能的，但若就此放他们离去，韩世忠又觉心不甘。

这时他的妻子梁红玉便建议利用埋伏，以"火箭"攻打敌人。韩世忠听了，心中大喜，两人经过周密部署，随即埋伏人马。

韩世忠亲率战船，诱敌深入，梁红玉则身先士卒，登上十几丈高的楼橹，冒着流矢，在金山之巅的妙高台"亲执桴鼓"指挥作战。

在古代，通信设施尚未像现在这般发达，战场上下达

命令，全靠旗帜和金鼓。

所以才会有"闻鼓则进，鸣金收兵"的说法。

区区八千宋军在梁红玉的指挥下，与十万金军展开了殊死搏斗，这是历史上很有名的以少胜多的战役，此战梁红玉的英雄形象要远远高于其夫韩世忠。

梁红玉金甲银胄，冒着箭矢擂鼓金山督战，荡气回肠的鼓声飘荡在天地之间，气势如虹，震在敌人心头。她的临阵击鼓，不仅鼓舞了将士们的士气，更展示出了她出色的军事才能，也让她因此流传千古，成为一代巾帼。

为了称赞她的丰功伟绩，皇帝还特意做诗一首：

蜀锦征袍手制成，

桃花马上请长缨。

世间不少奇男子，

谁肯沙场万里行？

梁红玉除了在军事上的才能之外，在政治上也是一位很有谋略的人，可以说韩世忠取得了如此高的官位，梁红玉功不可没。

　　自古功高盖主都是君王的禁忌。韩世忠接连取得战役的胜利，高宗越发地担忧韩世忠有朝一日会取而代之。当年的宋太祖就是如此成为皇帝的。

　　梁红玉早年在风尘里求生，熟知官场猫腻。

　　所以当"黄天荡"一役韩世忠因为骄傲自大，让金军逃脱突围的时候，梁红玉便心知不好，若是让小人得知了，添油加醋往高宗那里一说，韩世忠不死也要被剥层皮。

　　所以她亲自上书弹劾丈夫韩世忠"失机纵敌，乞加罪责"，致使"举朝为之动色"。

　　此举实在高，韩世忠过错要是落在小人手里，肯定难以逃脱。但由梁红玉说则不一样，这就是所谓的打丈夫给皇帝看，让皇帝放心。

韩世忠与梁红玉的雕像

千秋令誉仰淮堧

青眼识英雄，寒素何嫌？忆当年北虏鸱张，桴鼓亲操，半壁山河延宋祚。

红颜摧大敌，须眉有愧！看此日东风浩荡，崇祠重整，千秋令誉仰淮堧。

梁红玉死后，历代都建有纪念她的祠堂。淮安现在还有梁红玉祠，祠堂前的对联便是这副，足以概括了她的一生。

关于梁红玉的死有许多的说法。

一种是自然病死。绍兴二十一年韩世忠逝世，两年之后，梁红玉也去世了，终年 51 岁。

她死后与韩世忠合葬在苏州灵岩山。

宋高宗得知梁红玉去世的消息，特地赐给她家人贵重的礼物，以示哀悼，并对她的贡献表示赞扬。

但这段历史有些不符的地方，梁红玉应当比韩世忠先死。

而据《杨国夫人传》记载，梁红玉是战死的。

在"击鼓战金山"之后，金军很长一段时间不敢入侵中原。

韩世忠和梁红玉便率领当地军民"披荆棘以立军府"，并且"与士卒同力役"。梁红玉虽贵为诰命杨国夫人，却不辞辛苦，"亲织薄以为屋"，与军民同甘共苦，艰苦创业。

经过他们夫妻二人的苦心经营，楚州逐渐恢复生机，成为一方重镇。据史料记载，梁红玉、韩世忠驻守楚州，"兵仅三万，而金人不敢犯"。

绍兴五年，韩世忠、梁红玉率领宋军与金朝军队、伪齐镇淮军激战于山阳等地。农历八月二十六，年仅 33 岁的巾帼英雄梁红玉遇伏遭到金军围攻，她腹部重伤，肠子流出以汗巾裹好继续作战，最后她血透重甲，力尽落马而死。

她的首级被敌人割去。她的遗体被金军乱刀分尸，金

朝残忍地将她曝尸于市三日。

后来金朝名将完颜兀术感其忠勇，将她的遗体送回，南宋朝廷闻讯大加吊唁，并诏赐银帛五百匹两以示褒奖。

在梁红玉死后，韩世忠继续为国效力，十几年后也病故，两人合葬在了苏州灵岩山。

南宋理宗年间，李心传所著的《建炎以来系年要录》中，对梁红玉的牺牲时间也做了记录："淮东宣抚使韩世忠妻杨国夫人梁氏卒，诏赐银帛五百匹两。"

李心传是南宋的史官校勘、著作佐郎，宋代著名的史学家。由于长期做史官的工作便利，他撰写书籍的资料都来源于官方档案，可信度还是比较高的。

淳熙四年，即1171年，宋孝宗在为岳飞平反的同时追封韩世忠为蕲王，再谥"忠武"，并按"王"的规格给韩世忠夫妇重新安葬。

梁红玉早年因为家道败落后沦为营妓，如此遭遇可谓不幸，但梁红玉并未因此自暴自弃，因其天生神力，能挽

强弓，从不对寻常子弟青眼相看，故娟气全无。

当她结识了韩世忠后，认定他是个英雄，以身相许，结为百年之好。

事实证明了她没有看错人，韩世忠在她的辅佐下，屡建奇功，保住了大宋摇摇欲坠的半壁江山，而她自己，也因屡建奇功先后被封为安国夫人、杨国夫人。

虽然最后她死得惨烈，马革裹尸，但她战而无悔，她一生在战场上书写了绝美华章，留下了千古芳名。

如今千载已过，人们还能记得有这样一位绝代女子，有这样一位可歌可泣的巾帼英雄。

第四辑　法国传奇女英雄贞德

法国传奇女英雄 贞德

——韶华易老，浮生如梦，可曾做到一生无悔？

这是人类共同的话题，很多人用行动来诠释着自己的追问。

宗教也以不同的方式阐述它。先不去探求它们是否科学，单从它们达到的效用来说，给予人们的便是一种信念，以信念来得到无怨安宁的心。

穿越百年的时光，也许我们能从一位信奉上帝的少女身上看到此话真正的含义。

无需怜悯，生为此行。

上帝与英雄同在

人生一世，瞬息而逝，有些人浑浑噩噩，有些人毕生付出，不同的生存方式对应不同的人，无所谓对与错、好与坏，一切不过是出自信念。

韶华易老，浮生如梦，最重要的事是活得无悔。但"无悔"一词看似简单，却是极为难得之事。

不论你是否成就辉煌，老时难免有些遗憾的事，或大或小，愈是临近死亡，便愈是如走马灯一般闪过大脑，令人无所适从，越加恐惧死亡。人就是这样的动物，所求之事永无止境。

那如何才能做到一生无悔？

它不仅仅是哲学界探讨的问题，更是所有人类共同的话题。

很多人在用一生探讨这个命题。

各类宗教也是因这样的需求而诞生。先不去探求它们是否科学，单从它们达到的效用来说，给予人们的便是一种信念，以信念来得到无怨安宁的心。

这样说有些过于抽象，穿越百年的时光，也许我们能从一位信奉上帝的少女身上看到此话真正的含义。

无需怜悯，生为此行。

1412 年，法国正处于中世纪最黑暗的时期，英法战争已经持续整整 70 多年。这场在历史上号称"百年战争"的浩劫，已进入它最后的高潮时期，一位举世无双的少女正要登上历史的舞台。

时年 1412 年 1 月 6 日，对后世影响深远的少女贞德出生在卢瓦河以北洛林省一个名叫多伦米的村子。

那年，战火纷飞，瘟疫横行，饿殍遍野，整个法国笼罩在亡国的阴霾中，近一半的人口死在废墟里，幸免于难的人苟且偷生，盼望着有朝一日上帝会解救他们。

贞德就是在这样的环境里出生的，在她 13 岁的时候，多伦米村就惨遭勃艮第人入侵。

勃艮第人一面对英国人俯首称臣，一面对祖国的百姓百般蹂躏，是让法国人不齿的叛徒。

英国人就是利用这些叛徒，让法国人自相残杀，自己躲在城堡的暖炉旁，喝着特制的朗姆酒，吃着从法国人手里剥夺来的食物，嘴里还不忘嘲笑着法国人。

勃艮第派因为和法国王室的过节，所以甘为英国人的走狗，烧杀掳掠，无恶不作。

法国王室对此毫无办法，国之实力，在于刃，国之未来，在于民。

王室的军事实力孱弱，而民众又对百年孱弱的现状习以为常，不敢反抗英国人。

法国离亡国之路不远。

然而历史就是这么奇妙，人群里总会有那么一小部分的人与众不同。

多伦米村的百姓就是这一小部分人，他们支持法国王室，对英国人特别敌视。他们的宗教和政治信仰，与法国王室的信仰一脉相承。

当时，村子大部分人支持已经逃亡南方的王室，支持将英国人赶出法国。

由于这部分人的存在，英国人和勃艮第派视他们为眼中钉。

很快，勃艮第派付诸了行动。

全副武装的士兵冲入多伦米村，他们拿着兵刃残忍地挥向同胞，多伦米村的男子拼死抵抗，延缓他们的进攻，为妇女和儿童逃往山里换取时间。

如果不是这般，村子将会荡然无存。当那些逃离的妇女儿童再回到村子时，家园已被无情地摧残，四处是残壁断垣，亲人一个个倒在血泊中，杳无声息。

贞德的两位哥哥也丧生于这场灾难，在幼小贞德的心里埋下不可磨灭的伤痛。

所以，贞德痛恨英国人，更痛恨出卖自己灵魂与国家的勃艮第人。

传说，有一天中午，阳光明媚，贞德在树下躺着，隐约地听到一个声音说："贞德，拿起剑来，赶走英格兰人，

带领王储到兰斯去加冕……"

贞德初时觉得不可思议，她站起来，只见大天使圣弥额尔现身出来。

看到神明，贞德激动不已，同时也有些害怕。她从不怀疑庇佑法国的神明会骗她，但她也有自知之明。

她不过是一位普通的农村少女，既不是当时法国首屈一指的名将，也不是政治人物，她该怎么做才能帮助法国的军队，将凶悍的英国人赶出祖国。

她把疑惑说给了大天使圣弥额尔听。

大天使圣弥额尔微微一笑，说道：

"圣女加大利纳和圣女玛加利大将与你同在，你就是拯救法国的人，拿起剑来！"

贞德听到之后便不再怀疑，默默立下誓言，要誓死将英国人赶出法兰西。

曾有无数的专家学者揣测，对贞德看到的所谓神迹争论不休。神学者和虔诚的信徒，自然认为贞德真的看到了大天使圣弥额尔，但科学家不这么认为，于是各种解释接踵而至。

甚至有人以医学角度解释，认为贞德是因为喝了未加热杀菌的牛奶产生了幻觉。

因为法国现代牛奶采用的并不是高温加热的办法，而是巴士杀菌法，是一种低温杀菌法。

这种消毒方式并没有问题。

所以有人曾以此讽刺那些为了解释神迹而胡说八道的人：

"法国政府应该停止对牛奶的加热杀菌规定，好培养出更多这样的英雄人物来造福国家。"

所谓的神迹又是什么？

那是一个名为"信念"的精神力量，如此解释，一切都变得通顺。

从小贞德便是在村民的爱国氛围里长大的，同时也接受着传统宗教的洗礼。

当多伦米被勃艮第人所毁，两位哥哥惨死屠刀下，贞德一定是在痛哭流涕，她为家人的牺牲感到悲伤。

当她来到教堂，虔诚地跪在古朴的圣垫上，是否在思考着这一切的源头？是否也为了整个民族的悲哀而伤心？

其中的细节云雾无法辨清，但能肯定的是，她想通了一切，明白了不把英国人赶出法国，这种悲剧将一次次地上演。

这样的想法与她的"信仰"不谋而合，糅合在一起，最终变成了一种"信念"，促使她走上这条路。

视死如归斩荆棘

如今，以贞德为名的艺术作品多如牛毛，上至名家典籍，下至影视动画，每个人的看法不尽相同。

在拿破仑时代，对贞德有着很高评价，认为她是法国的救世主。世界上有大批作家和作曲家在歌颂她，包括伏尔泰、萧伯纳都创作了有关她的作品。

在英国，贞德则被普遍认为是"魔女"、"荡妇"。

在莎士比亚的笔下，贞德是一个放荡的女人，她与法国查理太子之间有着说不清道不明的关系，甚至有了他的孩子。她被烧死前，还在喊着查理的名字。

当然也不是所有英国人都如此仇视贞德，英国首相丘

吉尔就曾在《英语国家史略》中高度赞扬过贞德：

贞德远远超越于普通人之上，在一千年里无人能同她相媲美。关于她的审讯记录提供出的细节，经过千百年光阴的消蚀仍然跃然纸上，后代人都可以根据她的言语对她作出公断。她完美地体现了人类本性的善良和勇敢。不可征服的勇气，无限丰富的感情，单纯者的美德，正直人的智慧，这一切都在她身上放出了光彩。她解放了养育自己的土地，因此赢得光荣。军人们都应该读一读她的故事，思索一下这个真正的军事家的言论和行动。她虽然没有学过战争艺术，却在短短的两年时间里揭示了各种形势下制胜的诀窍。

看法不同是因为时代背景的不同而造成的，莎士比亚所处时代，英法百年战争刚刚过去不久；爱尔兰剧作家萧伯纳所处时代，爱尔兰独立运动正在浩浩荡荡进行着；拿破仑所处的时代，法国刚刚又经历了一次亡国战争；丘吉尔则是二战英国的领导人。

但相信她绝不是莎士比亚笔下的龌龊女人，能被国家和整个民族的百姓牢记心中的人，一定是一位勇气与智慧并存的杰出女性。

在西方的信仰里，圣女必须是处女之身。贞德在获得"上帝启示"之后，为了保持处女身，16岁的她拒绝了父亲指配的婚姻，请求她的亲戚杜兰德·拉苏瓦带她前往附近的沃库勒尔，会见驻防部队指挥官博垂科特，要求觐见查理太子。

在她说明来意后，博垂科特忍不住大笑起来。眼前的瘦弱女孩怎么可能是法国的救世主，上帝当真"糊涂"。

博垂科特轰走了贞德，但贞德并没有放弃，第二年的一月她再次来到博垂科特面前，这次与她同来的还有让·德梅斯和贝尔特朗·德普朗吉。

当贞德走进来的那刻，博垂科特在她的眼里看到了坚毅与不屈。那种与众不同的自信，让博垂科特有那么一瞬间相信了民间的传说。

"法国失于一个女人，而将复于一个圣女。"

战争不是儿戏，博垂科特对贞德还是抱有怀疑。

让·德梅斯和贝尔特朗·德普朗吉也看出博垂科特的

怀疑，他们"证实了"贞德的神迹。

　　贞德曾预言法国军队会在前几天的"鲱鱼之役"中惨败，事实确实如此。

　　博垂科特脸色大变，他又一次全身地打量眼前的少女，至此便不再怀疑，替她向查理太子通报。

　　这段神迹，有许多的说法，其中有一种说法最为符合实际，那就是贞德的军事才能，一个军事家对于形势的判断，促成她能够预见未来一般猜出对手的下一步。

　　在沃库勒尔城指挥官博垂科特的支持下，贞德见到了查理太子。

　　查理在听到贞德到来时，也与博垂科特有同样的看法，一个农村小姑娘不可能是法国的救世主。

　　那时的法国，查理太子已经是穷途末路了，就好像一个溺水的人，突然抓到了救命稻草一样，尽管这个救命稻草有些虚无缥缈。

　　查理太子心里虽然充斥着各种担忧，但还是接见了这

位农村少女，并接受了她的提议，将希农城所有的士兵遣派给她。

王室的顾问 Jacques Gélu 还为此提出警告："我们任何人都不该因为受到这个女孩谈话的影响而改变政策，一个农夫……如此地被幻觉所蒙蔽；我们不该因此而遭受外国的讥笑……"

除此之外，许多的重臣都不同意查理的做法。

查理太子却难得地拿出王者的威严，排除重臣的疑虑，这是查理这几十年来唯一的一次勇敢，所有的臣下都震惊地看着查理。

这位少女改变了查理，或许也能改变整个法国吧。

由此，圣女贞德开始了她的传奇故事。

这份传奇短暂，却又辉煌。

它令法国人，甚至世界人民为之敬仰。

生而为此永无悔

1429 年，英国加紧了对法国的蚕食，法国最后的堡垒奥尔良面对大军压境，岌岌可危，但法国王室却一味地固守希农城。

面对没有兵力与粮食的援助，守城指挥官、法国元帅吉尔斯·德·莱斯已经做好了与奥尔良共存亡的准备。

就在此时，一个消息从希农城传来，传说中上帝的使者，圣女贞德将会带着希农城七千士兵来到奥尔良，一时间举城欢呼，所有颓废的士兵被激励。

誓死保卫奥尔良！

世界上著名的战役，奥尔良战役正式打响了。

贞德带领着法国士兵，历经重重险阻，百年以来，第

一次战胜英国人。

每到危机时刻，贞德总会振臂高呼："勇敢地战斗吧，胜利就在前面！"带着法国士兵无畏地冲在第一线。

这不是有勇无谋的冲撞，能在战场上压制法国军队那么多年的人，不可能会因为鲁莽的横冲直撞输掉一场关键性的战争。

据目击者和跟随贞德的军官们称，贞德是一位足智多谋的战术家和战略家。不过由于那个时代对女性的偏见，大部分人认为她是凭靠着运气才做到的。

她打败了英国人，战胜了在法国人眼里不可能战胜的敌人，让法国人重新拾回信心。

那刻起，法国人永远地记住了她，同时英国人将其视为敌人。

当奥尔良战役的胜利传遍法国每一个角落的时候，人们振臂高呼"贞德"的名字。

贞德却不知道死亡正向她迫近，当时她不过17岁罢了。

在贞德的带领下，法国士兵势如破竹，将英国在法国的有生力量击溃殆尽，收回了兰斯。

英国的军队已经无力再吞并法国，令英国的统治者非常恼怒。

收回兰斯后，贞德以圣女的身份为查理七世加冕。

仪式结束后，贞德进言要趁势追击，一举拿下巴黎，却被查理七世拒绝，理由是要与勃艮第派谈判，殊不知这是勃艮第实行的缓兵之计。

贞德十分失望，她几次请愿未果只得作罢，眼睁睁地看着勃艮第人集结兵力到巴黎。

待到敌人准备就绪之后，查理七世才恍然大悟，怒不可遏地命贞德攻占巴黎。

此时已经失去了先机，等待在前方的将是血战。

贞德明白，却不得不执行，结果这一仗果然输了，输得一败涂地。

贞德本人也被勃艮第人俘虏了。

有一种说法，是法国王室将贞德卖给了勃艮第人，因为贞德被俘虏的时候，法国王室什么作为也没有，查理七世任其被英国人烧死，一句话也未曾说过。

英国人非常仇视贞德，他们因贞德身上的神谕而恐惧害怕，又因贞德破灭他们的野心而愤恨。

他们以一万金币将贞德从勃艮第人手上购来，公开对她审判，妄图剥掉她的"伪装"，把她营造成一个最为龌龊的女人，击溃法国人心中的信仰。

但英国人失望了，无论他们如何逼迫这个女人，她都如冰天雪地的千年玄冰，怎么敲打都不会碎裂。

于是他们放弃虚伪的公开审判，直接伪造认罪书，将贞德送上了火刑场，行刑地点就是现在法国巴黎的贞德教堂。

那时还没有教堂，只是一片空地，法国的百姓走上街头，流着泪为这位英勇的少女送行。

英国人希望街头的百姓见到贞德临死时害怕、恐惧、无助的表情，最好贞德表现更加卑劣一点。

但英国人又一次失望了。

贞德被绑在火刑场上，火焰在她身上不断地窜着，冒着滚滚的黑烟，她却一声都没有叫出来，依旧一副神圣的模样，嘴里念着大天使对她讲过的话。

"所有英国人将会被赶出法国。"

她是那样的坚韧，直至最后一刻都未曾后悔过，这就是信念。

不求怜悯，只求所愿，生为此行，无所悔过。

第五辑　唐朝巾帼宰相上官婉儿

唐朝巾帼宰相
上官婉儿

————四季花开花落，天伦常理，就像人的一生。有繁华似锦，就会有秋叶飘零，有缤纷绚丽，就会有寒冬寂灭。

她本该是温婉秀美的大家闺秀，每日以琴棋书画相伴，受众人簇拥追捧，成为冠绝群芳的一代才女，看尽长安锦瑟繁华，独酌诗词醉笑红尘。

但是突如其来的变故，改变了一切。

政坛佳话自掖庭

纵观延绵无尽的历史,唐朝的历史上出过两位奇女子,这是历代王朝所没有的绝景。

她们是千古第一女帝武则天和巾帼宰相上官婉儿,提起武则天就不能不说上官婉儿,提起上官婉儿也不能不提起武则天。

她们仿佛是天平的两端,缺了谁,这段传奇都不会完整。

然而,相比于武则天,鲜有人知道巾帼宰相上官婉儿,知道那段四季芬芳,如歌岁月。

四季花开花落,天伦常理,就像人的一生。有繁华似锦,就会有秋叶飘零,有缤纷绚丽,就会有寒冬寂灭。

公元 664 年,上官婉儿刚刚出生,家中便遭受到灭顶之灾。

她出生在名门氏族，本该是温婉秀美的大家闺秀，每日以琴棋书画相伴，受众人簇拥追捧，成为冠绝群芳的一代才女，看尽长安锦瑟繁华，独酌诗词笑醉红尘。

但是突如其来的变故，改变了一切。

从此她走上的路，得到的荣誉，都不是任何大家闺秀所能比拟的。

上官婉儿出生于氏族官家，祖上出过不少名臣。

不过命运不会一直眷顾着他们，就像其他在历史上逐渐消散的世家一般，上官家到了唐朝终于遇到一次百年不遇的大劫。

上官婉儿的父亲上官仪是朝廷重臣，因不懂得审时度势，替高宗起草废除武则天的诏书而获罪。

当时朝局旁落武则天，高宗又身怀重病，可怜上官仪，一片忠诚，却选错了主子，被武则天暗害，连刚刚出生的上官婉儿与母亲郑氏也被武则天送去掖庭为奴。

当时的上官婉儿还不知大祸临头，只是在襁褓里，对这缤彩多姿的世界报以微笑。

不知那时郑氏看着怀中女儿的笑容是何种心情,但她知道,无论如何,她都要将女儿抚养成人。

带着辛酸泪水,郑氏在宫闱里苦苦求生,抚养女儿,教她熟读诗书,吟诗作文。

上官婉儿也没辱没门庭,自小便聪明异常,不仅在诗词歌赋上造诣颇深,对朝堂吏事也非常敏感。

宫中的尔虞我诈,世情冷暖,她看得多了,也经历得多了。

一道危耸高墙拦不住她远大的心。

正如英国浪漫主义诗人雪莱的名言:"冬天来了,春天还会远吗?"

当潇潇春雨滑落在地,这位传奇女子,穿着一袭白裳,睁开她那双灵动的明眸,讥诮地看着冷暖夹杂的世界。纤弱旖旎的身姿,似水流情的花容,独自站在御花园里,遮掩了日月光华,倾倒了万千花朵。

她,上官婉儿的春天将要到来。

唐高宗仪凤二年正月立春日,武则天到御花园赏花。

在御花园里，爱好诗词的武则天不免要作诗一首，按照惯例，要求百官也赋诗一首以示祝贺。

众官员为了能够得宠，都争相赋诗，然无一能入得了武则天的眼帘。

这些官员赋诗，虽是风光迤逦，却无实质，非有感而发，很做作，与武则天想要的相去甚远。

惯于察言观色的许敬宗见武后皱眉，马上明白过来。

他把上官婉儿的事说给了武则天听，那时上官婉儿的才情已经小有名气。

公元 677 年，武则天与年仅 14 岁的上官婉儿见面了。

那时上官婉儿出落得清丽脱俗，雅致的面容透露着灵气，一下子便引起了武则天的注意。

虽然如此，武则天并未放在心里，对她来说面容只是花瓶，才学才是真的。

她想看看这位上官婉儿是不是真如许敬宗所言，有真才实学，她随意指着这片秀丽美景，让上官婉儿当即赋诗一首。

上官婉儿对御花园里的一切再熟悉不过，每日与她相

伴的便是这些花草，她从容不迫，须臾而成一首诗，其文辞精美，一下就从众多咬文嚼字的迂腐酸才里脱颖而出，令武则天眼前一亮。

密叶因裁吐，新花逐翦舒。
攀条虽不谬，摘蕊讵知虚。
春至由来发，秋还未肯疏。
借问桃将李，相乱欲何如。

辞藻华美，浑然天成。

武则天当即下令免其宫廷奴婢身份，让她掌管宫中诏命。

武则天就是这样一个人，不拘一格降人才，无论男女贫贱，只要有才，她就不会埋没。

面对武则天的赏识，上官婉儿百味杂陈，武则天毫无疑问是她的仇人，是害她家破人亡的罪魁祸首。现在，武则天要将自己从困境中解救出来，委以重任，给予她身为女子难以达到的位置。

但她还是接受了武则天的施舍，因为她需要地位，在宫廷里待了这么久，她明白权力就是一切，她不愿意再过那种人下人的日子，每日受太监、宫女的欺负。

她接过了武则天抛给她的橄榄枝，兢兢业业地等待机会，一个能让她彻底翻身的机会。

称量天下显巾帼

关于上官婉儿的出生，曾有一段传说。

上官婉儿降生的前夕，她的母亲郑氏曾梦见有人送给她一杆大秤，跟她说："称量天下。"

郑氏惊醒，不解其意，恰逢云游道士经过家门，于是占了一卦。

道士告诉郑氏："此为吉兆，当生贵子，而秉国权衡。"

郑氏当时以为"称量天下"，当是生一男儿，特别高兴，没想到临盆的那天竟然会生下女儿，郑氏还以为老天爷跟她开了一场玩笑。没想到多年以后占卜变为现实。

这段传说肯定加了许多小说家的想象，但上官婉儿量天下学士的事确是真的。

"赋诗夺锦袍"，这是武则天时代一个脍炙人口的故事。

《唐诗纪事》卷十一《宋之问》章记载：

武后游龙门，命群官赋诗，先成者赐以锦袍。

左史东方虬诗成，拜赐。

东方虬穿上锦袍，神气十足。

上官婉儿得知结果后，微微皱眉似想说些什么却欲言又止。

东方虬还未坐安，宋之问诗成，上官婉儿看后，说服武后重新评判。

东方虬不服，其他人相互议论，唯有宋之问和沈佺期沉静地安坐不动。他们一向不相上下，诗坛比肩。

上官婉儿拿过诗来观赏，两篇文章都是辞藻华丽，内涵深厚，尤其是宋之问的诗，文理兼美，更具气势，是当之无愧的第一。

说话间，宋之问与沈佺期的诗已经在下方传阅开来。

沈佺期诗曰：

法驾乘春转，神池象汉回。

双星移旧石，孤月隐残灰。

战鹢逢时去，恩鱼望幸来。

山花缇绮绕，堤柳幔城开。

思逸横汾唱，欢留宴镐杯。

微臣雕朽质，羞睹豫章材。

宋之问诗曰：

春豫灵池会，沧波帐殿开。

舟凌石鲸度，槎拂斗牛回。

节晦蓂全落，春迟柳暗催。

象溟看浴景，烧劫辨沉灰。

镐饮周文乐，汾歌汉武才。

不愁明月尽，自有夜珠来。

两者辞章内涵、用典巧妙皆是上上之选，但就像上官婉儿说的，宋之问的诗在落句上更具气势，连一向心高气傲的沈佺期此时也不得不服上官婉儿的判定。

时人称赞上官婉儿慧眼如炬，足以称量天下文士。

上官婉儿的文采风华历代都有赞誉。

吕温称赞她："自言才艺是天真，不服丈夫胜妇人"。

许颙称赞她："计之必一英奇女子也。"

唐朝初期的文风，很大程度上受到这位传奇女子的影响。

上官婉儿的才能为武则天认可之后，为了能让她帮助处理政事，武则天封她为高宗的才人，后来武则天称帝，诏敕多出其手者，时称"内舍人"。

上官婉儿逐渐走入政治中心，冠盖天下的绝世才华并不能在政治中获得筹码。武则天依旧牢牢地压在她的头上，她只能无条件地去执行。

段成式在《酉阳杂俎》里有这样一段记载：

　　今妇人面饰用花子，起自上官昭容，所制以掩黥迹。

　　天后每对宰臣，令昭容卧于案裙下，记所奏事。

　　一日宰相对事，昭容窃窥，上觉。退朝，怒甚，取甲刀札于面上，不许拔。

　　昭容遽为乞拔刀子诗。

　　后为花子，以掩痕也。

　　昭容说的便是上官婉儿。

　　后来上官婉儿为了掩饰脸上被武后扎出的伤痕，便在伤疤处刺了一朵娇艳的梅花用以遮掩，谁知却更加娇媚。宫女们皆以为上官婉儿的妆美，都相继效仿，渐渐地宫中便有了这种红梅妆。

　　也是从此时开始，婉儿改变了很多，学会了权术，学会了逢迎，学会了在权力的夹缝里顽强生存，千方百计博得武则天的欢心。

　　因为这件事还引出了一段野史。

　　传说上官婉儿脸上的梅花是太平公主所纹，两人友谊深厚，并且爱上了同一个男人，并引申出一段勾心斗角的宫廷生活。

　　且不说上官婉儿与太平公主是否真爱上同一个人，单凭她们之间的关系，也不会成为朋友。

　　这段野史虽然是荒谬，但也可以看出当时宫廷斗争的激烈，八面玲珑的上官婉儿周旋在皇子、公主、大臣之间，寻找平衡点，成为各大势力争夺的对象。

　　那时的上官婉儿虽然没有宰相之名，却有宰相之实。她凭着多年前在掖庭学会的察言观色，学会的圆滑处世方法，在权力中心如鱼得水。

　　她的狡黠，她的世故，都是她在宫中的护身符，她的原则。因为额头那一抹娇红欲滴的梅花，时刻提醒着她，君王的禁忌是不可以触犯的。

曲终人散说不尽

上官婉儿得到武则天的倚重，处理百司奏表，参决朝廷政务，奏章、政令、诏书、祭拜祝词、官员任免等，莫不是经她之手。

权力越大，君主越加忌惮，所以上官婉儿一向在武则天面前行事低调，唯唯诺诺，很是听话。

公元 705 年正月，神龙政变爆发，上官婉儿的人生再一次发生突变。

武则天离开了政坛。

武则天被逼退位后，李显复位并论功行赏，上官婉儿先是拜为三品婕妤，后又升为二品昭容，连她去世的母亲郑氏也被追封为沛国夫人。

上官婉儿的地位，其实只在皇后韦氏一人之下，可谓达到了她人生中权力的顶峰。

婉儿也错以为自己已经到了人生的顶峰，开始尽情释放自己对权力、金钱、情色的欲望，任其危险地膨胀着。

她放弃了一直恪守的原则，肆无忌惮地开始祸乱宫廷。

她得到当时登位的唐中宗的准许，可以出宫建外宅以供嬉游，过着奢侈的生活，亭台楼阁，水榭环绕，俨然一座小型的皇家园林，中宗也常引大臣前去宴乐。

她还效仿武则天养男宠，在当时的大臣眼里看来，她几乎是一位行为放荡的女人。

除此之外，她暗地弄权，私通关节，支持武三思贬杀大臣，起草诏令时有意贬抑李唐宗室而推崇武氏。成为朝堂上炙手可热的人。一时之间，门外长龙排起，小人献媚求官，朝堂乌烟瘴气。

因为这段历史，所以史学家对于上官婉儿的褒贬也如武则天一样，毁誉参半。

在武则天时期，上官婉儿确实作为一位能力卓越的巾帼宰相，为国为民做了许多。但武则天下台之后，唐中宗李显软弱无能，大权旁落她手。

巨大的权力诱惑之下，她没能控制自己，走向了不归路。

这就是人的惰性。

很久之前，曾和朋友谈论过这个问题。

什么是惰性？

举个几乎所有人小时候都听过的一个故事，守株待兔。

因为一次的不劳而获，产生了第二次的欲望，最后这样的欲望成为一种习惯。

习惯是可怕的，它无形无声，就在你的身边，吞噬着你的毅力。

骄奢淫逸的生活，令上官婉儿愈加不愿放弃手中权力，有了权，她还有什么不能做的。

此举为她以后的人生埋下了一颗定时炸弹。

李重俊是李显皇帝的太子，但却不是韦后所生，所以自然也就不得韦后的喜爱。

而韦后是武则天第二，她想要学武则天称帝，但可惜的是她不具备武则天的能力。

上官婉儿则非常支持韦后学武则天称帝，因为权力如果重新回李家的手中，对她非常的不利。

李重俊对此了然于心，为了夺回李氏江山，中宗景龙初年，他联合左羽林大将军李多祚，杀死武三思父子并追杀上官婉儿。

上官婉儿假传太子弑君夺位，得中宗保护而幸免于难。

经此一变，上官婉儿痛定思痛，认识到韦氏根基不稳，武家也不再是依靠，而李唐宗室余威尚存。

她逐渐调整策略，表面上依旧依附韦氏，暗地里却开始结交李家人，如太平公主。

但她再一次对当时的时局判断错误，其实她选择太平公主也是无奈，因为李家另外一个重量级的人物李隆基并不好对付，不会受她一个小小女子的控制。

公元 710 年，李隆基联手太平公主，决定再次发动一场政变。太平公主负责部署，李隆基负责联络军营，并亲自率领禁军万骑，攻进皇宫，尽数诛杀韦氏、安乐公主及

其党羽。

上官婉儿以为自己不会有事，因为在此前她已与太平公主联手，表明自己已心向李唐，没有站错队。

她不知道，她和太平公主的联合已经犯了大忌，因为太平公主已经成了李隆基心中隐隐的头号大敌。

才华绝世、八面玲珑的上官婉儿与太平公主联手，成为一方强大的政敌，李隆基怎么能够容忍。所以，上官婉儿向李隆基表功下拜时，李隆基开口了：

"此婢妖淫，渎乱宫闱，今日不诛，后悔无及！"

手起刀落，一代才女香消玉殒。

冰冷的剑透过她的身躯，在身后绽放出一朵血色梅花，与她额头上的梅花相映照，这一次她不再有机会修饰纹身。

她倒在了地上，结束了一切。

尽管她后期有许多的过失，但她的才华不容争辩，她的功绩不可磨灭。她辅佐一代女皇，使唐朝国泰民安，盛世繁华，成就一段巾帼宰相的传奇。